Yo puedo

Para Ben

Un libro de Dorling Kindersley

©1993 Susan Winters
©1999 Ediciones Ekaré
Edif. Banco del Libro, Av. Luis Roche
Altamira Sur, Caracas, Venezuela
Titulo original: *I Can*
Publicado originalmente por Dorling Kindersley Limited
9 Henrietta Street, London WC2E 8PS
Traducción: Elena Iribarren

ISBN 980-257-230-6
HECHO EL DEPOSITO DE LEY
Depósito Legal If 15119988002109
Impreso en España por Edelvives

99 00 01 02 03 04 05 06 07 08 09   10 9 8 7 6 5 4 3 2 1

Yo puedo

SUSAN WINTER

EDICIONES EKARÉ

Mi hermana quiere hacer todo lo que yo hago.

Yo me puedo vestir solo.

Ella no puede.

Yo puedo comer solo.

Ella no puede.

Puedo pintar muchas cosas.

Ella no puede.

Puedo nadar sin salvavidas.

Ella no puede.

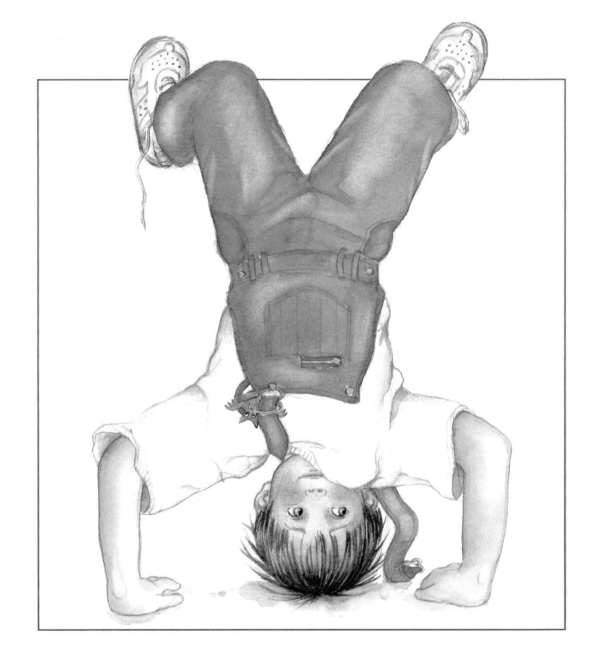

Puedo pararme de cabeza.

Ella no puede.

Puedo andar muy rápido.

Ella no puede.

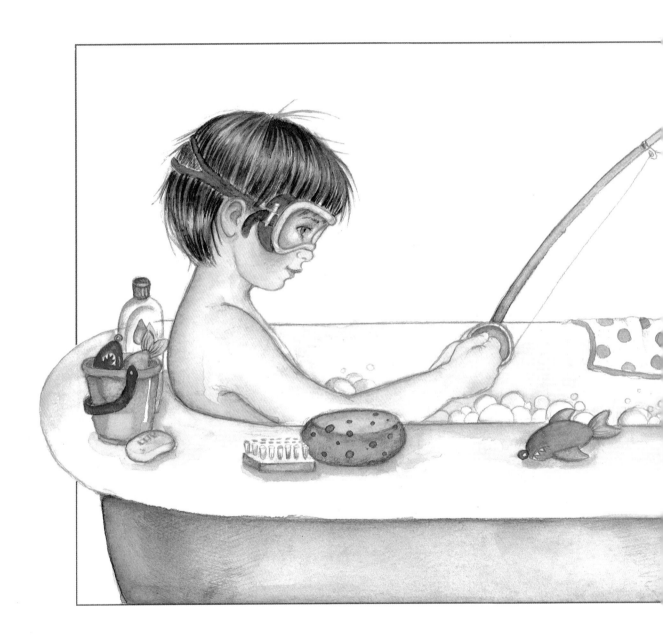

Me puedo bañar solo.

Ella no puede.

Puedo subirme solo a la cama.

Ella no puede.

A veces, veo monstruos en la oscuridad.

Ella no los ve.

Ella me necesita.